So klein

Du auch warst, Du hast tiefe Spuren in
unseren Herzen hinterlassen.

Dein kurzes Dasein hat uns für immer verändert.

Wir vermissen Dich sehr, und sind doch glücklich
über das große Geschenk, das Du bist.

Wir fragen uns, wer Du gewesen wärst,
und wissen doch, wer Du bist.

Danke für den kurzen Moment, den Du mit uns geteilt
und in dem Du unsere Leben bereichert hast.

Dieses Erinnerungsalbum ist in Liebe

gewidmet.

Bibliografische Information der Deutschen Nationalbibliothek

Die Deutsche Nationalbibliothek verzeichnet diese Publikation in der Deutschen Nationalbibliografie;
detaillierte bibliografische Daten sind im Internet über http://dnb.d-nb.de abrufbar.

Danksagung

*Ich danke Karolin Stock, die nicht nur für ihren
Sohn Felix, sondern für alle Sternenkinder die
wundervollen Bilder zu diesem Buch beigetragen hat.*

Ein Wort vorab

Dieses Album ist geeignet, Eure Erinnerungen schriftlich, im Bild und durch andere Erinnerungsstücke für viele Jahre festzuhalten. Da das Album für nach kurzer Lebenszeit verstorbene Babys verschiedenen Alters gedacht ist, wird es eventuell Rubriken geben, die Ihr nicht ausfüllen könnt. Vielleicht finden sich Möglichkeiten, trotzdem zu vermuten oder nachzuholen.

Es ist zu empfehlen, für die Eintragungen einen guten Fineliner zu benutzen. Für die Fotos eignen sich doppelseitig klebende Fototapes. Diese solltet Ihr auch für andere Erinnerungsstücke verwenden.

Manchmal verlässt uns ein Kind
Erinnerungsalbum für ein früh verstorbenes Kind
Autorin: Dr. phil. Heike Wolter

Besonderer Hinweis

2., veränderte Auflage 2013
© 2011 – 2013   edition riedenburg
Anschrift   edition riedenburg, Anton-Hochmuth-Straße 8, 5020 Salzburg, Österreich
E-Mail   verlag@editionriedenburg.at
Internet   editionriedenburg.at

Illustrationen   © Karolin Stock

Umschlaggestaltung, Satz und Layout: edition riedenburg
Herstellung: Books on Demand GmbH, Norderstedt

ISBN 978-3-902943-05-7

Liebe Eltern!

Ich wünsche Euch, dass Euch dieses Erinnerungsalbum auf dem langen und oft schweren Weg Eurer Trauer um Euer geliebtes Kind begleitet. Es soll Euch helfen, zu heilen und Euren Frieden mit einem ganz und gar unfassbaren Schicksal zu finden.

Die Idee zu diesem Album ist entstanden, weil ich nach dem Tod meiner ungeborenen Tochter mit einem Babyalbum vorlieb nehmen musste, das von mir verlangte, den ersten Schritt, das erste Lachen, die liebsten Kindergartenfreunde festzuhalten. All das gab es bei uns jedoch nicht, und so war es mir manchmal unerträglich, das Album aufzuschlagen, um all die Leerstellen zu betrachten.

Dieses Album erinnert an Euer Kind, das außerhalb von Mamas schützendem Bauch nur kurz gelebt hat. Es bringt ihm jene Aufmerksamkeit entgegen, die auch lebenden Babys zuteil wird, stellt aber andere Erlebnisse in den Mittelpunkt.

Die folgenden Seiten bieten viel Platz für Eure eigenen Gedanken und sollen in ihrer Offenheit ein einladender Platz sein, um Ruhe in der ganz privaten Erinnerung an Euer wunderbares Baby zu spüren.

Wie gering Euch auch die Erinnerungen und Begebenheiten mit Eurem Kind erscheinen mögen, Ihr hattet Träume und Pläne mit diesem Baby in Eurer Familie. Wie wenig Ihr auch in den Händen haltet, Euer Baby war real. Es entstand mit der Unendlichkeit an Möglichkeiten des Wachsens und des Werdens. Wenn auch nur für eine viel zu kurze Zeit.

Heike Wolter

Inhalt

Die Schwangerschaft
mit Dir

Dann haben wir von Dir erfahren:

_____

_____

So haben wir von Dir erfahren:

_____

_____

_____

_____

Unsere ersten Gedanken:

_____

_____

_____

_____

Das haben wir zuerst gemacht:

_____

_____

_____

Dann haben wir Dein Herz schlagen sehen / hören:

_____

_____

_____

_____

Dann hat Mama Dich zum ersten Mal gespürt
und so hast Du Dich angefühlt:

_____

_____

_____

_____

Diese Kleidung hat Mama gern mit Dir getragen:

_____

_____

_____

_____

Wichtiges aus den Vorsorgeuntersuchungen / aus der Hebammenbegleitung:

So warst Du in Mamas Bauch:

So haben wir uns das Leben mit Dir vorgestellt:

Das haben wir für Dich vorbereitet:

Das bist Du im Ultraschall:

Daran erinnern wir uns besonders aus der Schwangerschaft:

Deine Geburt

Deine Kosenamen:

_____

_____

_____

So haben wir Dich genannt:

_____

_____

_____

Das bedeutet Dein Name:

_____

_____

_____

_____

_____

_____

_____

Datum Deiner Geburt:

_____

Zeitpunkt der Geburt:

_____

Ort der Geburt:

_____

Dein Gewicht:

_____

Deine Länge:

_____

Dein Kopfumfang:

_____

Deine Haarfarbe:

_____

Deine Augenfarbe:

_____

Kleine Besonderheiten an Dir:

Jedes Leben

ist in der Tat ein Geschenk. Egal wie kurz, egal wie
zerbrechlich, jedes Leben ist ein Geschenk, welches
für immer in unseren Herzen weiterleben wird.

Hannah Lothrop

Diese Menschen haben uns begleitet:

So haben wir Deine Geburt in Erinnerung:

Das bist Du

Hier ist Platz für ein Foto oder eine Zeichnung Eures Babys.

Erinnerungen an Deine Geburt

Hier ist Platz für einen Segensspruch, eine Erinnerung vom Geburtsort und Ähnliches.

Dein kurzes Leben

Dort hast Du Deine Zeit auf dieser Erde verbracht:

Diese Menschen haben Dich besucht:

_____

_____

_____

_____

_____

Das hast Du am liebsten gehabt:

_____

_____

_____

_____

_____

_____

_____

_____

_____

Das hast Du erlebt:

Manchmal

verlässt uns ein Kind, das den Ruf von drüben
lauter vernommen hat als die Stimme ins Leben.

Ruth Rau

Diese Menschen haben für Dich gesorgt:

_____

_____

_____

_____

Da wussten wir, dass Du uns verlassen würdest:

_____

_____

_____

_____

_____

_____

_____

_____

Das bist Du, während Deines kurzen Lebens:

Daran erinnern wir uns besonders aus Deinen Lebenstagen:

Dein Tod

Dann bist Du gestorben:

_____

_____

So alt warst Du, als Du gestorben bist:

_____

_____

_____

Deshalb bist Du gestorben:

_____

_____

_____

_____

_____

Dort bist Du gestorben:

_____

_____

Diese Menschen haben uns begleitet:

So haben wir Deinen Tod in Erinnerung:

Erinnerungen
an Dich

Geburts- und Todesanzeige

Falls Ihr keine Geburts- und Todesanzeige veröffentlicht habt,
möchtet Ihr dies vielleicht für Euch nachholen.
Welche Gedanken möchtet Ihr Eurem Baby mit auf seinen Weg geben?

Die Mitte der Nacht

ist auch schon der Anfang eines neuen Tages.

Johannes Paul II.

Erinnerungsstücke

Hier ist Platz für erhaltene Briefe und Karten oder Ähnliches.

Abschiednehmen

Ich bin die sanften Sterne,

die nachts leuchten. Stehe nicht an meinem
Grab und weine. Ich bin nicht dort.

Gebet der Hopi-Indianer

Datum Deiner Beerdigung:

_____

Zeitpunkt der Beerdigung:

_____

Ort der Beerdigung:

_____

Pfarrer, Redner:

_____

Musik:

_____

Rede, Gebet, Gedicht:

_____

_____

_____

_____

Diese Menschen haben uns begleitet:

_____

_____

_____

_____

_____

So haben wir Deine Beerdigung in Erinnerung:

_____

_____

_____

_____

_____

_____

_____

_____

Dein Grab:

Deine Grabinschrift:

Andere Plätze der Erinnerung:

Deine Familie und Deine Freunde

Deine Hand, meine Hand,

du berührst mich, ich berühre dich.
Auch wenn wir getrennt sind, sind wir für immer eins.

Julie Fritsch

Dein Familienstammbaum

Du bist Du, doch gleichwohl eingebettet in den Schoß Deiner Familie.
Auf Dich haben sich viele gefreut, die nun Großeltern, Eltern,
Schwestern und Brüder eines kleinen Engels geworden sind.

... und allem Anfang

wohn ein Zauber inne, der uns
beschützt und der uns hilft zu leben.

Hermann Hesse

Diese Verwandten stehen Dir besonders nahe:

_____

_____

_____

_____

_____

_____

_____

Freunde, die sich an Dich erinnern, sind:

_____

_____

_____

_____

_____

_____

_____

Unsere Gedanken und Gefühle

Traurigsein heißt

überhaupt nichts wollen und auch nichts
nichtwollen. Es heißt nur Traurigsein.

Erich Fried

Unsere Gedanken und Gefühle

Die Liebe für Euer Baby bleibt. Doch allzu rasch verblassen viele konkrete Erinnerungen an Eure gemeinsame Zeit. Hier ist Platz, Eure Gedanken und Gefühle niederzuschreiben.

Es geschieht, dass eine kleine Seele

die Erde nur streift. Ihr Ankommen und Gehen fallen fast in eins.
Ihr kurzes Verweilen ist nicht umsonst, denn sie verändert die Erde.
Sie hinterlässt Spuren in den Herzen derer, die sie erwartet haben.

Doris Kellner

Gedichte und Zitate

Diese Gedichte und Zitate sind uns besonders wichtig:

Deine

Jahrestage

Dein errechneter Geburtstermin:

_____

_____

Dein 1. Geburtstag:

_____

_____

_____

_____

_____

_____

Weitere Geburtstage:

_____

_____

_____

_____

Dein Sterbetag:

_____

_____

_____

_____

_____

_____

_____

Weihnachten:

_____

_____

_____

Mutter- und Vatertag:

_____

_____

_____

Weitere wichtige Daten:

Unsere Hoffnungen
und Träume

All die Hoffnungen und Träume...

die sich nun nicht gemeinsam mit Dir erfüllen, machen uns traurig.
Doch wir denken daran, was wir Dir mitgeben und wie wir Dich begleiten wollten.

Trauer und
Gedenken

Wir trauern um Dich

Während der schwierigen Zeit unserer Trauer hat es Menschen gegeben, die da waren, mitgeweint und für uns gesorgt haben:

Damit haben uns Menschen geholfen:

Diese Menschen haben Karten, Briefe, Blumen
oder Geschenke für Dich und uns geschickt:

Ich komme aus dem Land

von Gestern, und bin auf dem Weg in das Land von Morgen.
Dabei muß ich mitten durch die Länder der Menschen
reisen. Und ich frage Euch, ob Ihr mich begleiten wollt.

Arndt Alberti

So gedenken wir Deiner

Hier ist Platz für eigene Gedichte, einen Segensspruch, das Programm eines Gedenkgottesdienstes oder andere Zeremonien für Euer Baby.

Und wenn du dich getröstet hast,

wirst du froh sein, mich gekannt zu haben.

Antoine de Saint-Exupéry

Du bist nicht vergessen

Das schreiben Dir Verwandte und Freunde:

Tagebuch

Wenn man

seine Eltern verliert, verliert man die Vergangenheit;
wenn das Kind stirbt, verliert man die Zukunft.

Anonymus

Tagebuch

Wenn man zum Leben

Ja sagt und das Leben sagt zu einem Nein, so
muss man auch zu diesem Nein Ja sagen.

Christian Morgenstern

Loslassen

Es gibt so Vieles...

... was wir Dir noch sagen wollten. Zum Abschied schreiben wir Dir diesen Brief.

Was unser Denken

begreifen kann, ist kaum ein Punkt, fast gar nichts
im Verhältnis zu dem, was es nicht begreifen kann.

John Locke

Quellen der Zitate

in der Reihenfolge des Erscheinens im Buch

Hannah Lothrop
Gute Hoffnung – jähes Ende. Fehlgeburt, Totgeburt und Verluste in der frühen
Lebenszeit. Begleitung und neue Hoffnung für Eltern, Kösel, München 1991.

Ruth Rau
Veröffentlichungsform unbekannt.

Papst Johannes Paul II.
Veröffentlichungsform unbekannt.

Gebet der Hopi-Indianer
Veröffentlichungsform unbekannt.

Julie Fritsch / Ilse Sherokee
Unendlich ist der Schmerz, Kösel, München 1995.

Hermann Hesse
Und jedem Anfang, in: ders., Prosa und Gedichte, Kösel, München 1963.

Erich Fried
Traurigsein, in: ders., Das Nahe suchen. Gedichte, Wagenbach, Berlin 1982.

Doris Kellner
Veröffentlichungsform unbekannt.

Arndt Alberti
Die große Reise der kleinen Prinzessin, Baumhaus, Frankfurt 2007.

Antoine de Saint-Exupéry
Der kleine Prinz, Rauch, Düsseldorf 2000.

Anonymus

Christian Morgenstern
Gesammelte Werke in einem Band, Piper, München 1981.

John Locke
Was unser Denken, in: Stefan Knischek, Lebensweisheiten
berühmter Philosophen, Schlütersche, Hannover 2008.

edition
riedenburg